Dieses Buch gehört:

....

© Diana Amft

Diana Amft

ist Schauspielerin und bekannt durch Kino- und Fernsehfilme. Für ihre Rolle in *Doctor's Diary* wurde sie mehrfach ausgezeichnet und gewann u. a. den *Grimme-Preis*. Ihr erstes Bilderbuch *Die kleine Spinne Widerlich* wurde nominiert für den österreichischen *Buchliebling 2012*.

© Ute Boeters

Martina Matos

zog mit fünf Jahren nach Portugal, wo sie zur Schule ging und 2003 ihr Diplom in Kunstmalerei an der FBAUL – Faculdade de Belas Artes der Universität zu Lissabon machte. Seit Ende 2004 lebt sie als freie Illustratorin und Künstlerin wieder in Deutschland.

Weitere Titel dieser Reihe:

Die kleine Spinne Widerlich (auch als Mini-Ausgabe und als E-Book erhältlich)

Die kleine Spinne Widerlich – Der Geburtstagsbesuch (auch als Mini-Ausgabe und als E-Book erhältlich)

Die kleine Spinne Widerlich – Ferien auf dem Bauernhof (auch als Mini-Ausgabe und als E-Book erhältlich)

Die kleine Spinne Widerlich – Das Geschwisterchen (auch als Midi-Ausgabe und als E-Book erhältlich)

Die kleine Spinne Widerlich – Komm, wir spielen Schule! (auch als E-Book erhältlich)

Die kleine Spinne Widerlich – Ausflug ans Meer (auch als E-Book erhältlich)

Die kleine Spinne Widerlich – Meine Kindergartenfreunde

Von der kleinen Spinne Widerlich gibt es auch noch Kalender und tolle Mitmach- und Eintragbücher – zum Entdecken unter: www.baumhaus-verlag.de

FSC MIX Papier aus verantwortungsvollen Quellen FSC® C043106

Dieser Titel ist auch als E-Book erschienen.
Originalausgabe
Dieses Werk wurde vermittelt durch die Literarische Agentur Thomas Schlück GmbH, 30161 Hannover
Copyright © 2018 by Bastei Lübbe AG, Köln
Text- und Bildredaktion: Sigrid Vieth
Gesamtgestaltung und Satz: Götz Rohloff – Die Buchmacher, Köln
Gesetzt aus der Cochin und Latchboy
Druck und Einband: Grafisches Centrum Cuno GmbH & Co. KG Calbe
Printed in Germany
ISBN 978-3-8339-0561-2
5 4 3 2 1
Sie finden uns im Internet unter: www.baumhaus-verlag.de
Bitte beachten Sie auch: www.luebbe.de

Auch ich bin dabei. Findest du mich?

Diana Amft

Illustrationen von
Martina Matos

Die kleine Spinne Widerlich

Wundervolle Winterzeit

Baumhaus

Die kleine Spinne Widerlich

erwacht morgens in ihrem Netz und ist ganz aufgeregt.

»Juhu, juhu, es hat geschneit!«, ruft sie voller Freude.

»Schau mal, Mini-Spinni, draußen sieht es aus, als wäre alles voller Puderzucker!«

Noch etwas verschlafen blickt sich Mini-Spinni um und ist erstaunt.

Alles um sie herum ist weiß, und es ist auch ein bisschen kälter als sonst.

Die kleine Spinne und Mini-Spinni ziehen sich warm an

und krabbeln aus ihrem Netz.

Hier wohnen wir!

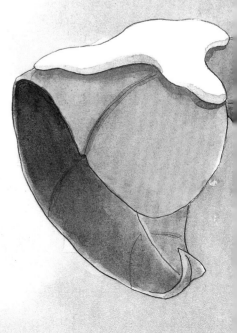

»Los, wir bauen einen Schneemann!«,

    ruft die kleine Spinne begeistert und rollt einen kleinen

    Schneeball zu einer immer größer werdenden Kugel.

    »Hier habt ihr noch einen Topf. Das könnte

der Hut sein«, sagt Mama. »Und mit

    der Möhre könnt ihr dem Schneemann

    eine Nase basteln.«

    »Oh ja, das ist lustig«, lacht die kleine Spinne.

    »Jetzt sieht er aus wie Onkel Langbein

    mit seinem Zylinder«, freut sie sich und hat eine Idee:

    »Komm, Mini-Spinni, wir gehen

    Onkel Langbein besuchen!«

»Woher kommt eigentlich der Schnee?«, fragt die kleine Spinne neugierig.

»Der Schnee entsteht in den Wolken«, fängt Onkel Langbein an zu erklären.

»Wenn es kalt genug ist, gefrieren dort Wassertröpfchen und sammeln
sich um winzige Staubkörner. So bilden sich Schneekristalle,
die aussehen wie kleine Sterne.
Und diese kommen dann als Schneeflocken
zu uns heruntergefallen.«

Ganz gespannt hören ihm die kleine Spinne und Mini-Spinni zu.

»Ja, und manchmal sieht es sogar so aus, als würden sie im
Wind tanzen, weil sie so langsam schweben«, strahlt die kleine Spinne.

»Komm, Mini-Spinni, wir gehen zu Niesi
und spielen noch ein bisschen im Schnee.«

»Wollen wir eine Schneeballschlacht

machen?«, fragt Niesi. »Achtung, hier kommt ein

Schnee… Schnee… hatschi …ball!«

Vor lauter Aufregung schießt ein kleiner Spinnfadensalat aus ihm heraus.

Die drei Spinnen müssen lachen und haben großen Spaß, während sie

gemeinsam im Schnee toben. Plötzlich sagt die kleine Spinne:

»Ui, schaut mal, da oben am Himmel sind ganz viele Vögel.«

»Das sind Zugvögel. Sie fliegen den Winter über in den Süden,

weil es dort wärmer ist. Das hat mir Tante Igitte mal erzählt«,

sagt Niesi stolz. »Es gibt aber auch Vögel, die im Winter hierbleiben.

Kommt, wir gehen in den Wald und schauen,

ob wir welche sehen!«

»Jaaa, da sind ja noch Vögel, und ihnen scheint gar nicht kalt zu sein«,
staunt die kleine Spinne.

»Das sind Kohlmeisen«, sagt Niesi.

»Tante Igitte meint, dass Vögel wie Amseln,
Meisen und Spatzen zu den Wintervögeln gehören.

Sie legen sich ein Wintergefieder zu, und deshalb frieren sie auch nicht«,
erklärt er. »Und seht ihr dahinten die Hasen und das Reh?

Sie bekommen ein dichtes Winterfell, das sie vor der Kälte schützt.«

»Das ist ja ganz schön aufregend im Winter«, sagt die kleine Spinne.

»Kommt, wir gehen weiter und gucken,
was wir noch so alles entdecken.«

»Miro, was machst du denn da?«, fragt die kleine Spinne.

»Ich liebe die Winterzeit, den Schnee und das Eis«,

fängt Miro an zu schwärmen.

»Es ist so wundervoll, kleine Kunstwerke daraus zu zaubern.«

»Die sehen toll aus!«, strahlt die kleine Spinne. »Aber wenn es wärmer wird,

werden sie doch nicht mehr da sein, oder?«, wundert sie sich etwas.

»Das ist richtig. Eis ist gefrorenes Wasser, und wenn es wärmer wird,

schmilzt es und wird wieder flüssig«, erklärt Miro. »Aber bis dahin

habe ich meine Freude daran. Und im Sommer bastle ich einfach etwas Neues.«

Die kleinen Spinnen schauen sich Miros Werke genauer an.

Dabei kommt der kleinen Spinne eine Idee.

»Bei Bella müsste doch der Schlossteich zugefroren sein«, sagt sie.

»Wenn das Eis richtig dick ist, könnten wir darauf Schlittschuh laufen.«

»Au ja, lasst uns zu Bella gehen!«, jubelt Niesi.

Und tatsächlich:

Bella und Punki haben schon Schlittschuhe an

und schlittern fröhlich über den fest zugefrorenen See.

»Hey, toll dass ihr da seid!«, ruft Bella.

»Wir haben noch mehr Schlittschuhe, wenn ihr Lust habt.«

»Oh ja, ha…haa…haaatschi!«

Niesi muss vor lauter Aufregung wieder niesen

und versucht, sich irgendwie auf dem Eis zu halten,

ohne auszurutschen.

Die Spinnenfreunde lachen und haben jede Menge Spaß.

Nach einer Weile möchten sie eine kleine Pause machen.

»Wollen wir Tante Igitte auf dem Wintermarkt besuchen?

Sie hat dort einen Stand mit heißem Kakao«, schlägt Punki vor.

Freudig stimmen alle ein und machen sich auf den Weg.

»Das ist ja schön hier«, sagt die kleine Spinne.

»So viele selbst gebastelte Sachen.

Und alles leuchtet so toll!« »Gemütlich, oder? Warmer Kakao

im kalten Schnee«, freut sich Bella.

Tante Igitte lächelt und fragt: »Und? Was macht ihr heute noch so

an diesem wundervollen Wintertag?«

»Mini-Spinni und ich gehen gleich zu Oma Erna.

Wir wollen zusammen Plätzchen backen«, antwortet die kleine Spinne.

Punki überlegt. »Und wir? Wollen wir rodeln gehen?«,

fragt er Bella und Niesi.

»Oh jaaa! Ri… Ra… Roooo-Hatschi!«, hüpft Niesi vor Freude,

und schon wieder schießt ein Spinnfadensalat heraus.

»Hatschi-Spatzi!«, lacht Tante Igitte. »Na, dann wünsche ich euch

noch ganz viel Spaß!«

»Ach, wie schön, dass ihr da seid!«, strahlt Oma Erna.

»Ich hab den Teig schon vorbereitet:

aus Mehl, Butter, Zucker und Eiern.

Jetzt können wir ihn gleich kneten, ausrollen und mit kleinen

Förmchen was Schönes ausstechen.«

»Juhu, und dann verzieren wir die Plätzchen!«,

freut sich die kleine Spinne.

»Genau«, sagt Oma Erna.

»Doch vorher werden wir sie noch backen.«

Fröhlich machen sie sich an die Arbeit

und verbringen einen gemütlichen Nachmittag

bei Oma Erna.

Mama und Papa sind gekommen,
um die kleine Spinne und Mini-Spinni abzuholen.

»Oh, wie schön! Es schneit!«, strahlt die kleine Spinne

und sieht begeistert in den Himmel.

»Ui, schau mal, Papa, es wird ja schon wieder dunkel«, wundert sie sich.

»Im Winter wird es immer früher dunkel als im Sommer.

Das hat damit zu tun, dass sich die Erde um die Sonne dreht«, erklärt Papa.

»Was? Die Erde dreht sich?«, fragt die kleine Spinne erstaunt.

»Wieso wird uns dann nicht schwindelig?«

»Weil sie sich so langsam dreht, dass wir es gar nicht merken«,

antwortet Papa. »Die Erde braucht ein ganzes Jahr dafür,

um sich einmal um die Sonne zu drehen.«

»Das ist ja spannend!« sagt die kleine Spinne.

»Hast du gehört, Mini-Spinni,

die Erde dreht sich …«

Zu Hause angekommen machen es sich die kleine Spinne
und Mini-Spinni so richtig gemütlich.
Während Mama das Abendessen zubereitet,
spielen sie noch ein bisschen und basteln
zusammen mit Papa Papiersterne.
»Sieh mal, Mini-Spinni, den habe ich für dich gemacht.«
Ganz stolz hält die kleine Spinne ihr Kunstwerk hoch.
»Den kannst du in dein Netz hängen, und wenn
die Sonnenstrahlen kommen, leuchtet er sogar.«

Nach dem Abendessen liest Mama
noch eine Geschichte vor.
»So, und jetzt ist Schlafenszeit«, sagt sie
und streichelt Mini-Spinni liebevoll. »Ihr seid doch sicher
schon müde, nach allem, was ihr heute erlebt habt.«
»Oh ja, das war aufregend!«, freut sich die kleine Spinne.
»Mir ist sogar ein Gedicht dazu eingefallen:

Hurra, hurra, es schneit,
wundervolle Winterzeit!
Komm, wir ziehen uns warm an,
und bauen einen Schnee-he-mann.«

»Das war wunderschön, mein Schatz«, sagt Papa.
Begeistert fängt auch er an zu reimen:
»Dein Gedicht war wirklich nett. Und jetzt,
husch, husch – ab ins Bett.«
Die kleine Spinne muss lachen.
»Was für ein schöner Tag. Gute Nacht!«